TABLEAUX ANCIENS

PASTELS, GOUACHES, DESSINS

MINIATURES

CATALOGUE

DES

Tableaux Anciens

Par :

BOILLY (L.-L.), BOUCHER (F.), DE MARNE
DESHAYS (J.-B.), GOYA (F.), GROS (LE BARON), HEEM (DAVID DE)
LARGILLIERRE (N. DE), LÉBARBIER (F.)
LE MOYNE, MEULEN (VAN DER), MICHEL (G.), MIERIS (F.)
MOLENAER, MONNET (CHARLES), NEER (VAN DER), NETSCHER (G.)
OSTADE (I. VAN), OUDRY (J.), POEL (VAN DER E.)
PRIMATICE (LE), SALVIATI, SILVESTRE (L. DE), SNYDERS (F.), STORCK (ABRAHAM)
RUBENS (P.-P.), RUYSDAËL (JACOB), RUYSDAEL (SALOMON)
TENIERS (DAVID), UDEN (VAN)
VENNE (A. VAN DER), VERNET (JOSEPH), VINCENT (A.), WET (J.), ETC., ETC.

ET DES ÉCOLES

Anglaise, Espagnole, Flamande, Française, Hollandaise et Italienne

PASTELS, GOUACHES, DESSINS

MINIATURES

ET DONT LA VENTE AUX ENCHÈRES PUBLIQUES AURA LIEU

HOTEL DROUOT, SALLE N° 6

LE SAMEDI 3 MAI 1913

à deux heures

Mᵉ F. LAIR-DUBREUIL
COMMISSAIRE-PRISEUR
6, rue Favart

M. G. SORTAIS, Peintre
EXPERT PRÈS LE TRIBUNAL CIVIL
11, rue Scribe

EXPOSITION PUBLIQUE

Le Vendredi 2 Mai 1913, de 1 heure 1/2 à 6 heures

CONDITIONS DE LA VENTE

Elle sera faite au comptant.

Les acquéreurs paieront *dix pour cent* en sus des enchères.

Paris. — Imp. de l'Art, Ch. Berger, 41, rue de la Victoire

DÉSIGNATION

PASTELS, GOUACHES, DESSINS
MINIATURES

DU CERCEAU
JACQUES ANDROUET

1 — *Portail et profils de meubles.*

Dessin à la plume.

Haut., 21 cent.; larg., 16 cent.

ÉCOLE FRANÇAISE
XVIIe siècle

2 — *Jésus guérissant les aveugles.*

Dessin à la pierre noire.

Haut., 35 cent.; larg., 29 cent.

ÉCOLE FRANÇAISE
XVIIIe siècle

3 — *Faune accroupi.*

Motif d'architecture.

Dessin à la sanguine.

ÉCOLE FRANÇAISE

XVIIIe siècle

4 — *Portrait de M. et Mme de Saint-Amand.*

Elle est vue assise dans un fauteuil, les pieds reposant sur des coussins, coiffée d'un béguin blanc garni de rubans bleu, vêtue d'une robe de satin blanc, les épaules recouvertes d'un fichu de fine dentelle, tenant dans ses mains un livre ; son mari, vêtu d'un habit de satin vert à col et manchettes de dentelles, se tient debout devant elle, le bras gauche appuyé à une cheminée et la main soutenant la figure.

Gouache.

Haut., 30 cent.; larg., 32 cent.

FRAGONARD

(École de JEAN HONORÉ)

5 — *Le Doux aveu*

Pastel ovale.

Haut., 25 cent.; larg., 20 cent.

GUÉRIN

(JEAN)

6 — *Portrait de Jeune Femme.*

En buste de face vers la droite, vêtue d'une robe blanche décolletée.

Miniature ovale.

Haut., 18 cent.; larg., 15 cent.

Pendant de la suivante.

GUÉRIN
JEAN

7 — *Portrait de Jeune Femme.*

> Vue en buste de trois quarts à gauche, vêtue d'une robe blanche décolletée.
> Miniature.
>
> Haut., 20 cent.; larg., 15 cent.
>
> Pendant de la précédente.

LE GUAY
EUGÈNE

8 — *Un Paysage.*

> Dessin à la mine de plomb.
> Signé en bas à droite.
>
> Haut., 19 cent.; larg., 26 cent.

PALUCCI
JEAN

9 — *Vue des travaux en aval du pont de Tanaro, exécutés à Alexandrie le 1ᵉʳ octobre 1804.*

> Dédié à Sa Majesté l'impératrice des Français, reine d'Italie, par son très humble serviteur et sujet Jean Pallucci.
> Gouache.
> Signée en bas à droite.
>
> Haut., 54 cent.; larg., 94 cent.
>
> Pendant de la suivante.

PALUCCI
JEAN

10 — *Vue des travaux de Radrés, en amont de Tanaro.*

Gouache.

Haut., 54 cent.; larg. 94 cent.

Pendant de la précédente.

PILLEMENT
JEAN

11 — *Intérieur de forge.*

Des artisans sont occupés à forger dans un hangar.

Crayons à pastel.

Signé et daté : *Jean Pillement, 1805.*

Haut., 50 cent.; larg., 38 cent. 1/2.

Pendant du suivant.

PILLEMENT
JEAN

12 — *Arrivée à l'auberge.*

Un vieillard monté sur un âne, sa femme et un petit garçon pénètrent dans une auberge.

Crayons à pastel.

Signé et daté : *Jean Pillement, 1805.*

Haut., 50 cent.; larg., 38 cent. 1/2.

Pendant du précédent.

ROBERT

(Genre de HUBERT)

13 — *Fontaine à motif de sphinx.*

Sanguine.

Haut., 38 cent.; larg., 30 cent.

TISCHBEIN

AUGUSTE

14 — *Portrait d'une Dame de qualité.*

Vue en buste de trois quarts à droite, la chevelure frisée et poudrée à frimas, vêtue d'une robe de satin rose décolletée.

Pastel.

Signé et daté à gauche : *Tischbein, 1777.*

Haut., 47 cent.; larg., 38 cent.

TABLEAUX

ANGELICO
(École de JEAN de FIESOLE dit FRA)

15 — *La Vierge aux Anges.*

Assise sur un trône, la Vierge nimbée, tournée de trois quarts vers la droite, tient l'Enfant Jésus sur ses genoux ; elle est vetue d'une stola de velours grenat, recouverte d'un pallium bleu brodé d'or ; deux anges agenouillés de chaque coté du trône prient avec ferveur ; un rideau rouge brodé d'or se détache sur un fond gris sombre.

Bois de forme ogivale. Haut., 46 cent. 1/2 ; larg., 29 cent.

BAXTER
CHARLES

16 — *Portrait d'un Médecin.*

À mi-corps de face vers la gauche et portant sur son habit noir le ruban de la Légion d'honneur.

Signé en bas à gauche du monogramme.

Toile. Haut., 81 cent.; larg., 65 cent.

BOILLY
LOUIS-LÉOPOLD

17 — *Portrait du Colonel de Gaslon, du Génie.*

En buste de trois quarts à droite, vetu d'une tunique noire à épaulettes et aiguillettes d'argent, la poitrine ornée de plusieurs décorations.

Toile. Haut., 22 cent.; larg., 17 cent.

N° 15

BOILLY
(LOUIS-LÉOPOLD)

18 — *Portrait présumé de Madame de Bawr, auteur dramatique.*

> En buste de trois quarts à droite, la chevelure frisée, vêtue d'une robe décolletée de soie noire.
>
> Grisaille en manière de gravure.
>
> Signée et datée en bas : *L. Boilly, juin 1810.*

> Toile. Haut., 22 cent.; larg., 17 cent.

BOILLY
(LOUIS-LÉOPOLD)

19 — *Portrait de Mark Mac-Kenzie.*

> En buste presque de face à droite, col de batiste, vêtu d'un habit bleu foncé à boutons d'or et gilet jaune.

> Toile. Haut., 21 cent.; larg., 15 cent.

Peint par BOILLY, à *Paris en 1822.*

BONINGTON
(Attribué à RICHARD-PARKES)

20 — *Vue près de Mantes.*

> Au milieu d'un paysage, sur le bord d'une rivière où s'élève un bouquet d'arbres, un paysan est couché; sa femme est assise, éclairée par un rayon de soleil

> Carton. Haut., 36 cent.; larg., 45 cent.

BOTTICELLI
École de SANDRO

21 — *La Madone à la Grenade.*

Elle est représentée à mi-jambes, tournée vers la droite, la tête nimbée, sa coiffe est de linge blanc à entrelacs multicolores. Sa stola est de drap rouge, son pallium de drap bleu, elle regarde une grenade que lui présente l'Enfant Jésus assis sur ses genoux ; au fond, des roses et leurs feuillages se détachent sur un ciel bleu.

Bois. Haut., 80 cent.; larg., 40 cent.

Cadre à chapiteaux.

BOUCHER
FRANÇOIS

22 — *Paysage des environs de Beauvais.*

Un pêcheur à la ligne au bord d'une rivière, non loin d'un moulin dans l'encadrement des arbres.

Signé : *F. Boucher*, en bas à gauche.

Toile. Haut., 76 cent.; larg., 44 cent.

Anciennes Collections de la Baronne Nathaniel de Rothschild et du Duc Decazes.

BOUCHER
Attribué à FRANÇOIS

23 — *Amour jouant aux bulles de savon.*

Quatre amours, posés sur un fronton de pierre sculpté au milieu d'un jardin, soufflent des bulles de savon.

Toile. Haut., 67 cent.; larg., 1 m. 34 cent.

BRAUWER
(Attribué à ADRIEN)

24 — *Scène de cabaret.*

> Dans un intérieur, deux paysans, à moitié ivres, se battent à coup de poings près d'un tonneau sur lequel une cruche est posée.
>
> Toile. Haut., 18 cent. 1/2; larg., 15 cent.

CALLOT
Attribué à JACQUES

25 — *Vue de ville en Italie.*

> Sur une place publique, devant un édifice à frontons et colonnes de pierre, un cavalier et des soldats vont et viennent en tous sens.
>
> Carton. Haut., 20 cent.; larg., 54 cent.

CLOUET
École des

26 — *Portrait d'une Dame de qualité.*

> A mi-corps, de trois quarts à gauche, coiffure brodée d'or et de perles, corsage de velours rouge à empiècement de même couleur aux manches garnies d'hermine, elle tient dans les mains un objet de toilette.
>
> A été restauré.
>
> Bois. Haut., 35 cent.; larg., 29 cent.

> Pendant du suivant.

CLOUET
(École des)

27 — *Portrait d'un Seigneur*.

A mi-corps vers la gauche, toque de velours noir à broderie d'or, pourpoint de drap noir et manteau de velours de même couleur, il tient ses gants dans la main droite.

A été restauré.

Bois. (Haut., 35 cent.; larg., 29 cent.

Pendant du précédent.

COTES
FRANCIS

28 — *Portrait présumé de la Duchesse de Gloucester*.

La tête de profil vers la droite, vêtue d'un corsage de soie bleue décolleté.

Toile. Haut., 52 cent.; larg., 44 cent.

COTES
FRANCIS

29 — *Portrait de Femme*.

Elle est vue à mi-corps de face, la tête appuyée sur sa main droite, elle est vêtue d'une robe de mousseline blanche relevée sur la poitrine par une chaîne de perles à deux rangs, un voile bleu sur les épaules.

Toile. Haut., 54 cent.; larg., 39 cent.

N° 60

N° 32

CRÉPIN

(Attribué LOUIS-PHILIPPE)

30 — *Paysages animés de personnages.*

Deux pendants.

Bois ovales. Haut., 31 cent.; larg., 15 cent..

CROME

JOHN

31 — *Moonrise on the Yare.*

Au premier plan, des chaumières au bord de l'eau dans un terrain boisé; au fond, la lune se lève derrière un moulin à vent.

Toile. Haut., 74 cent.; larg., 62 cent.

CROOS

JACQUES VAN DER

32 — *Rivière dans un paysage.*

Deux bateliers pêchent à la ligne au milieu d'une rivière.
Signé du monogramme.

Bois. Haut., 27 cent. 1/2; larg., 37 cent.

(Ancienne Collection Crouan.)

DE MARNE
Dit DEMARNETTE

33 — *Une Foire dans les Flandres.*

La grand'place du village regorge de bétail et au milieu de
laquelle se meuvent vendeurs et acheteurs ; au premier plan à
gauche, près d'une hôtellerie, un vieux mendiant joue de la cor-
nemuse devant un groupe de femmes et d'enfants ; au milieu de
la composition, une marchande de porcs assise garde ses bêtes ;
un peu plus à droite, une autre passe un marché avec un paysan,
pendant qu'au fond un bœuf prend la fuite poursuivi par la foule ;
ça et là, des cavaliers de la maréchaussée circulent. A l'arrière-
plan, le clocher d'une église et de grands arbres s'estompent
sur un ciel nuageux.

Bois. Haut., 40 cent.; larg., 60 cent.

Nº 34

DESHAYS
JEAN-BAPTISTE
Rouen, 1729-1765

34 — *Portrait de Mme Deshays, fille du peintre François Boucher.*

Vue en buste de trois quarts vers la gauche, coiffée d'un chapeau de tulle noir à petites coques de soie bleue et assujetti par un voile de gaze blanc noué sous son menton, vêtue d'un corsage de soie capucine bordé d'une ruche bleue à nœuds de soie de même couleur ; elle tient dans sa main gauche un loup à rubans bleus.

Toile ovale. Haut., 56 cent.; larg., 46 cent.

N. B. — Cette peinture primesautière est tout à fait exceptionnelle dans sa conception, elle est très supérieure en général aux œuvres de ce peintre dont le style, comme le disait François Boucher, était en beau fini.

DESHAYS
(JEAN-BAPTISTE)
Rouen, 1729-1765

35 — *Portrait de l'Artiste.*

Vu en buste de trois quarts à droite, la tête tournée vers la gauche, il est coiffé d'une perruque à marteaux, poudrée à frimas, le col de sa chemise entr'ouvert, vêtu d'une robe de chambre de soie bleu changeant, à revers lilas, le bras droit appuyé sur le bord d'un fauteuil; il tient dans la main son porte-crayon.

Signé et daté à gauche : *Deshays pinxit 1761*.

Toile ovale. Haut., 65 cent.; larg., 54 cent.

P. S. — Cette peinture est largement brossée et d'une expression vivante.

N° 33

DE TROY

(Attribué à JEAN-FRANÇOIS)

36 — *Portrait de Monsieur des Francs.*

Vu en buste presque de face à gauche, coiffé d'une perruque poudrée et frisée à catogan, colleté de mousseline blanche, son habit de velours brun orné d'arabesques et de boutons d'argent est entr'ouvert et laisse voir une fine dentelle ; un manteau de velours bleu bordé d'un liseré d'argent est jeté sur ses épaules.

Toile ovale. Haut., 69 cent., larg., 57 cent.

Cadre Louis XIV en bois sculpté et doré.

DEVÉRIA

(EUGÈNE)

37 — *Épisode de l'Histoire de Russie.*

Toile. Haut., 46 cent ; larg., 38 cent.

DIEPENBEECK

(Attribué à ABRAHAM VAN)

38 — *Orphée charmant les animaux au son de sa lyre.*

Bois. Haut., 26 cent.; larg., 75 cent.

DUCHATEL
FRANÇOIS

39 — *Portraits d'une Petite Fille noble et de son chien.*

A mi-jambes, debout vers la gauche, coiffée d'un bonnet de dentelles, elle est vêtue d'un costume de soie blanc, son chapeau à rubans multicolores dans la main gauche, la droite sur la tête de son chien.

Toile. Haut., 78 cent.; larg., 77 cent.

(Ancienne Collection Crouan.)

ÉCOLE ANGLAISE
Fin du XVIIIe siècle

40 — *Chevaux au pacage; effet du soir.*

Toile. Haut., 25 cent.; larg., 30 cent.

ÉCOLE ANGLAISE
Commencement du XIXe siècle

41 — *Barques transportant des émigrants.*

En vue des côtes d'Angleterre, deux barques conduites à la rame et chargées d'émigrants s'éloignent du rivage.

Toile. Haut., 71 cent.; larg., 1 m. 09 cent.

ÉCOLE FLAMANDE
Fin du XVIII siècle

42 — *Les Fondeurs.*

Des ouvriers versent de l'argent en fusion sur un ornement de bronze forgé.

Bois. Haut., 38 cent.; larg., 49 cent.

Cadre Louis XIV en bois sculpté et doré.

ÉCOLE FRANÇAISE
XIX* siècle

43 — *Portrait de Femme en pied en costume Louis XIII, au milieu d'un paysage.*

Toile ovale. Haut., 66 cent.; larg., 56 cent.

Cadre Louis XIV en bois sculpté et doré.

ÉCOLE FRANÇAISE
XIX* siècle

44 — *Portrait du Maréchal de Macdonald.*

Vu en buste, presque de face vers la droite, vêtu de son uniforme de maréchal de France, orné de décorations et portant en sautoir le grand cordon de la Légion d'honneur.

Toile. Haut., 65 cent.; larg., 55 cent.

ÉCOLE HOLLANDAISE

XVIIe siècle

45 — *Portrait d'Homme.*

En buste de trois quarts à droite, coiffé d'un haut feutre, vêtu
d'un pourpoint de velours noir.

Bois. Haut., 19 cent.; larg., 14 cent.

ÉCOLE HOLLANDAISE

XVIIe siècle

46 — *Paysage animé de figures.*

Bois. Haut., 34 cent.; larg. 54 cent.

ÉCOLE HOLLANDAISE

XVIIe siècle

47 — *Un Écrivain public.*

Il est représenté assis, coiffé d'un feutre, vêtu d'une tunique
de drap gris, ses deux coudes appuyés sur la table, les mains
posées sur un cahier.

Signé au milieu à gauche du monogramme : *P. E.*

Bois. Haut., 16 cent.; larg., 12 cent.

ÉCOLE HOLLANDAISE
XVIIe siècle

48 — *Un Buveur.*

Vu en buste, assis sur une chaise, tenant de la main gauche un pichet en étain et de la main droite un verre de vin.

Bois. Haut., 18 cent.; larg., 13 cent.

ÉCOLE ITALIENNE
XVIIe siècle

49 — *L'Annonciation.*

— *L'Adoration des Mages.*

— *L'Adoration des Bergers.*

— *Vision d'un Moine.*

Suite de quatre panneaux.

Toile. Haut., 85 cent.; larg., 65 cent.

Cadres en bois sculpté et doré.

ÉCOLE ITALIENNE
XVIIIe siècle

50 — *L'Amour prisonnier.*

Il est retenu par les branches d'un arbre.

Toile. Haut., 1 m. 72 cent.; larg., 1 m. 16 cent.

ÉCOLE DE LEYDE

XVIIᵉ siècle

51 — *Portrait d'un Rabbin.*

Vu à mi-corps, coiffé d'une toque de fourrure, il porte un manteau bien orné de fourrure.

Bois. Haut., 26 cent.; larg., 20 cent.

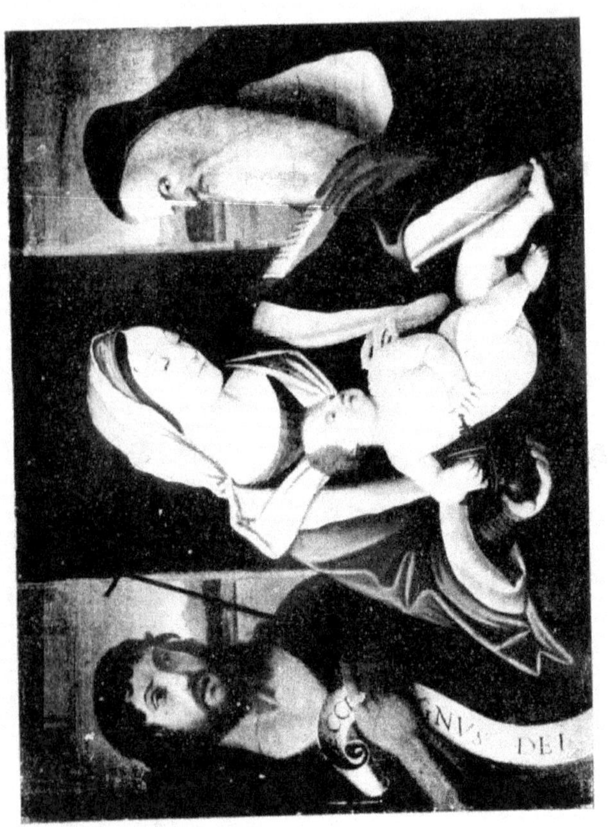
NVS DEI

VENTE

APRÈS FAILLITE ET CONCORDAT

En vertu d'ordonnance rendue par M. le Juge-Commissaire

TABLEAU

DE L'ÉCOLE VÉNITIENNE, FIN DU XVᵉ SIÈCLE, ETC.

ÉCOLE VÉNITIENNE

Fin du XVᵉ siècle

52 — *La Vierge et l'Enfant Jésus.*

La Vierge, assise de face, coiffée d'un voile de linge blanc, vêtue d'une stola de pourpre brodée d'or, recouverte d'un pallium bleu à revers jaune; l'Enfant Jésus sur ses genoux tient le couvercle d'un vase contenant de l'eau bénite que lui présente sa mère de la main droite. A sa droite, un grand-prêtre, coiffé et vêtu de rouge, lit les Saintes Écritures; à sa gauche, saint Jean-Baptiste, sa croix appuyée sur lui, et tient dans la main droite, une banderole portant l'inscription : ***Ecce Agnus Dei***; la Vierge se détache sur un tapis de velours vert bordé d'or, derrière lequel on aperçoit le lac de Génésareth.

Bois. Haut., 57 cent.; larg., 77 cent.

Cadre Louis XIV en bois sculpté et doré.

N. B. — En bas, à gauche, on voit encore une partie des caractères d'une signature en partie effacée et la date : *1496.*

6

EKKELS
(JEAN)

53 — *Vue d'une Ville de Hollande.*

Dans la rue, un fardier conduit son chariot, attelé d'un cheval blanc, près d'une chapelle au milieu d'un bourg.

Bois. Haut., 23 cent ; larg., 37 cent

GIRTIN
(THOMAS)

54 — *Paysage.*

Sur les bords d'une rivière se dresse un ancien château fort à tour carrée ; dans le fond, un village se détache sur un ciel d'orage.

Toile. Haut., 21 cent.; larg., 42 cent. 1/2.

(Ancienne Collection Francis Palmer.)

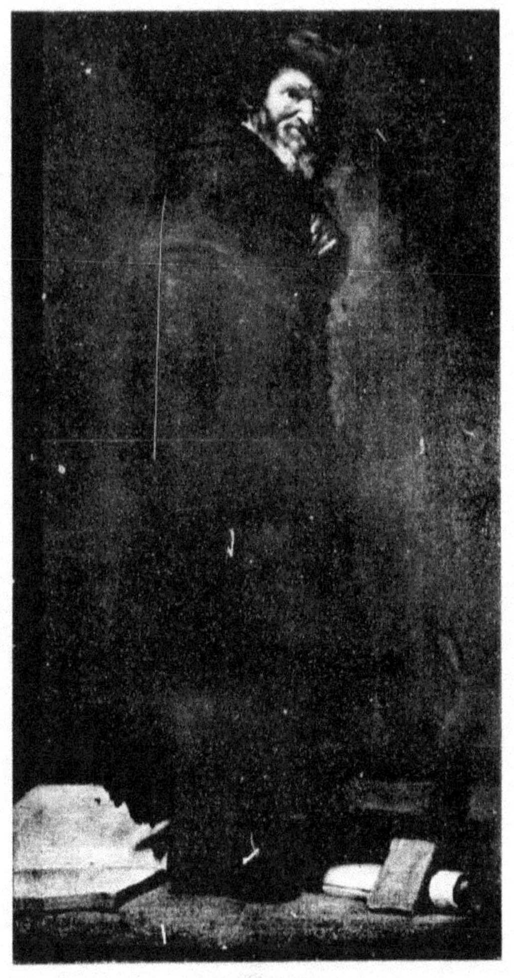

N.º 33

GOYA FRANCESCO

(D'après VÉLASQUEZ)

55 — *Menippe*.

Le poëte grec est vu debout et en pied de trois quarts à droite.

Toile. Haut., 1 m. 80 cent.; larg., 95 cent..

Pendant du suivant.

N. B. — Ces deux peintures ont été examinées par feu Frédérico de Madrazo, ancien président de l'Académie royale et directeur du Musée du Prado, à Madrid, et nous reproduisons ci-dessous une attestation écrite de sa main :

Les deux tableaux représentant Ésope et Menippe, d'après les originaux de Vélasquez, du Musée national de Madrid, que j'ai eu le plaisir de voir chez Monsieur Ch.-L. Livet, à Vichy, sont très intéressants et très beaux, et, par la manière dont ils sont exécutés, je les crois de la main du célèbre peintre Goya, de qui je connais d'autres copies d'après Vélasquez.

Vichy, le 16 août 1886.

Signé : FRÉDÉRICO DE MADRAZO..

GOYA FRANCESCO

D'après VELASQUEZ

56 — *Ésope.*

Le célèbre fabuliste romain est représenté en pied et debout, presque de face à droite, la tête nue.

Toile. Haut., 1 m. 80 cent.; larg., 95 cent.

Pendant du précédent.

N. B. — On sait que Goya numérota à la peinture blanche les copies qu'il exécuta d'après Velasquez et autres grands maîtres en apposant au bas de chaque toile, un numéro d'ordre.

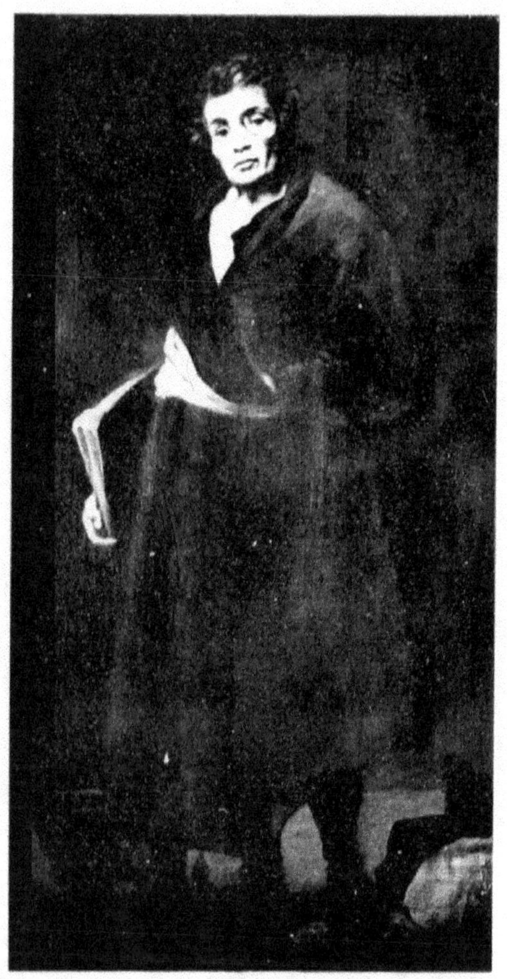

N° 50

GREUZE
(École de JEAN-BAPTISTE)

57 — *La Jeune Fille au clavecin*.

Dans un intérieur, une jeune fille à la chevelure frisée et poudrée, vêtue d'une robe de satin blanc retenue à la taille par un large ruban de soie bleue, est assise devant un clavecin sur lequel est posé une partition ouverte qu'elle soutient de la main droite; à ses pieds, un petit loulou semble demander une caresse.

Toile ovale. Haut., 73 cent.; larg., 60 cent.

GROS
(Le baron ANTOINE-JEAN)

58 — *Portrait de Mlle Mézeray, de la Comédie-Française*.

Assise sur une méridienne, le bras gauche accoudé, elle tient dans la main droite un volume; elle porte une robe de soie blanche décolletée.

Toile. Haut., 98 cent.; larg., 80 cent.

(Ancienne Collection Chéramy.)

GUÉRIN
(Le baron PIERRE-NARCISSE)

59 — *Le Retour de Bélisaire aveugle dans sa famille*.

Le vieux guerrier est représenté dans un paysage, vêtu d'une tunique et entouré de ses enfants; à ses pieds, son guide est agenouillé.

Toile. Haut., 83 cent.; larg., 76 cent.

HEEM

(JEAN-DAVID de)

60 — *Le Déjeuner hollandais.*

Sur un entablement de pierre, un hareng, un oignon, du pain, un couteau et une chope sont posés.

Bois. Haut. 37 cent.; larg., 51 cent. 1/2

Signé : *J. D.-D. Heem.*

Œuvre d'une remarquable qualité.

HEIL

(DAVID VAN)

61 — *Incendie.*

Un village est entièrement la proie des flammes.

Bois. Haut., 23 cent.; larg. 31 cent.

(Ancienne Collection Crouan.)

HELMONT

(Attribué à MATHIEU VAN)

62 — *La Danse du Gobelet.*

— *La Danse de la Chope.*

Dans l'intérieur d'une auberge, deux paysans jouent du violon et chantent.

Bois. Haut., 50 cent.; larg., 65 cent.

Deux pendants.

No 63

N° 64

LARGILLIERRE
(NICOLAS DE)

63 — *Portrait du sculpteur Jean Thierry.*

Il est vu à mi-corps, assis presque de face à gauche, perruque poudrée à frimas et frisée, vêtu d'un habit de velours brun, à gilet de même couleur de brocart d'or ; il est à demi-enveloppé d'un manteau de velours grenat et tient dans la main son porte-crayon ; au fond, des ébauches de terre cuite figurent sur une étagère.

Toile. Haut., 24 cent.; larg., 21 cent.

(Étude du portrait de grandeur naturelle, Musée de Versailles.)

LARGILLIERRE
(NICOLAS DE)

64 — *Portrait d'une Jeune Femme.*

A mi-corps de face, la chevelure poudrée à frimas, corsage de satin blanc décolleté bordé d'or à gros cabochons, enveloppée d'un manteau de velours bleu, elle tient dans la main droite un ruban fleuri.

Toile. Haut., 81 cent.; larg., 64 cent.

Cadre Louis XV en bois sculpté et doré.

LEBARBIER

(J.-J.-FRANÇOIS)

65 — *Le Marquis d'Estampes au siège de Cassel.*

Vu en pied, assis sur un tertre, étant occupé à pointer une
carte du pays, un soldat debout, à sa gauche, lui remet un
ordre du général ; au fond, une batterie d'artillerie en action.

Toile. Haut., 80 cent ; larg., 65 cent.

Signé et daté en bas à droite : *Le Barbier pinx., Paris 1778.*
Au verso, on lit : *Louis Mis d'Estampes, né en 1734.*

Nᵒ 65

N° 66

LEBRUN
(Attribué à Mme É. VIGÉE)

66 — *Portrait d'une Petite Fille.*

De face à mi-jambes, assise dans un fauteuil de velours
vert, ses cheveux blonds bouclés sur les épaules, vêtue d'une
robe de mousseline blanche à transparent rose, ceinture de
satin mauve; elle tient dans la main un livre

Toile ovale. **Haut.,** 53 cent.; **larg.,** 52 cent.

Cadre Louis **XV** en bois sculpté et doré.

Cette peinture rappelle les portraits peints par VIEN.

LE MOYNE
(FRANÇOIS)

67 — *Une Jeune Suivante.*

Elle est représentée à mi-corps, vêtue d'un corsage de velours
bleu décolleté, les bras nus, elle s'apprête à revêtir d'une
chemise sa maîtresse qui va sortir du bain.

Toile. Haut., 75 cent.; **larg.,** 62 cent.

Cadre Louis XIV en bois sculpté et doré.

(Étude spirituellement peinte d'après nature pour le tableau
du Musée du Louvre.)

LE MOYNE
(Attribué à FRANÇOIS)

68 — *Offrandes.*

Flore et Cérès apportent à une femme, personnifiant l'Abondance, des fruits et une gerbe de blé; Cérès, assise sur un
lion, tient dans la main une corne d'abondance.

Toile. Haut., 41 cent.; **larg.,** 33 cent.

MEULEN
(FRANÇOIS VAN DER)

69 — *La Chasse royale.*

Le roi Louis **XIV**, suivi de ses officiers, montre le chemin qu'a dû prendre la bête poursuivie et leur ordonne de s'y rendre.

Toile. Haut., 60 cent.; larg., 80 cent.

Signé du monogramme *AFVM* en bas au milieu.

MICHEL
(GEORGES)

70 — *Les Moulins à vent.*

Toile. Haut., 20 cent.; larg., 29 cent.

MIERIS
(FRANÇOIS)

71 — *Portrait d'un Guerrier écossais.*

A mi-corps, la main droite sur la hanche, coiffé d'une toque à ruban et aigrette, vêtu d'une tunique noire, un manteau rouge sur les épaules.

Bois. Haut., 14 cent.; larg., 11 cent.

MOLENAER
(JEAN-MIENZE)

72 — *Intérieur flamand.*

Devant l'âtre, un couple de paysans boit près d'un tonneau sur lequel est posé un pichet d'étain.

Bois. Haut., 39 cent.; larg., 31 cent.

Ancienne Collection Haage.

MOLENAER
(JEAN-MIENZE)

73 — *Danse rustique.*

Dans une tabagie, des villageois enivrés et leurs compagnes dansent au son d'une musette que joue un musicien monté sur un tonneau.

Signé à droite : *Jean Molenaer.*

Bois. Haut., 28 cent.; larg., 20 cent.

MONNET
(CHARLES)

74 — *Le Petit Porteur d'eau.*

Coiffé d'un large feutre noir, vêtu d'un habit brun à gilet blanc, tenant deux seaux qu'il s'apprête à remplir à une fontaine pendant qu'un bambin s'y désaltère.

Signé au milieu à gauche : *C. Monnet,* 1765.

Toile. Haut., 27 cent.; larg., 20 cent

NATOIRE
(Atelier de JOSEPH)

75 — *Anges dans les nuées.*

Des anges s'enlacent et d'autres supportent une corbeille de fruits.

Toile. Haut., 38 cent.; larg., 57 cent.

NEER
(AERT VAN DER)

76 — *Incendie après l'explosion de la poudrière de Delft.*

Au milieu de la nuit, la foule se rue et se dirige vers le lieu du sinistre.

Signé du monogramme.

Bois. Haut., 57 cent.; larg., 74 cent.

Ancienne Collection Maurice Kann.

NETSCHER
(GASPARD)

77 — *Portrait d'une Dame de qualité.*

Posée derrière un balcon de pierre, vue à mi-corps, des perles au cou et aux bras, elle est vêtue d'une robe de velours bleu et retient dans ses mains une écharpe de soie jaune; sur la balustrade, un bouquet d'œillets est posé.

Bois. Haut., 51 cent.; larg., 41 cent. 1/2.

N° 77

NETSCHER
GASPARD

78 — *Portrait d'un Ambassadeur.*

Vu en pied sous un péristyle, il est debout, la canne dans la main gauche, la droite posée sur sa hanche. Il tient un chapeau à plume, et est vêtu d'une tunique de buffle à épaulettes et ceinture rouge.

Daté : *1671.*

Bois. Haut., 58 cent. 1 2 ; larg., 34 cent. 1 2.

Ancienne Collection Crouan.

OSTADE
(ISAAC VAN)

79 — *Intérieur d'écurie.*

Au milieu d'une écurie, un paysan balaie le sol derrière un cheval bai clair ; à droite, un mouton et une chèvre sont couchés à terre.

Bois. Haut., 29 cent. 1 2 ; larg., 41 cent. 1 2.

Ancienne Collection Haage, de Copenhague.

OUDRY
JACQUES-CHARLES

80 — *Nature morte.*

Un lièvre, des perdreaux morts, des pêches et des prunes sont posés sur un entablement de pierre ; derrière, à gauche, un panier en vannerie déborde des mêmes fruits.

Toile. Haut., 72 cent. ; larg., 90 cent.

Pendant du suivant.

OUDRY
(JACQUES-CHARLES)

81 — *Nature morte.*

Des pêches, prunes, figues et melons sont posés sur une console de marbre ; derrière, un bol de Chine est rempli de pêches ; à droite, un lapin et un perdreau sont pendus par la patte à un mur de pierre.

Pendant du précédent.

Toile. Haut., 72 cent.; Larg., 90 cent.

PESNE
(ANTOINE)

82 — *Jeune Fille plumant un poulet.*

Une jeune ménagère, vue de face, vêtue d'un corsage bleu décolleté, plume un poulet noir posé sur un entablement de pierre ; à droite, des légumes ; au fond, des perdreaux pendus par la patte.

Toile. Haut., 72 cent.; Larg., 60 cent.

POEL
(EGBERT VAN DER)

83 — *Incendie et scène de pillage.*

Près d'une église en feu, des pillards emportent le produit de leurs vols.

Signé et daté : 1650.

Bois. Haut., 45 cent.; Larg., 50 cent.

N° 80

N° 81

PRIMATICE
(PRIMATICCIO FRANCESCO, dit LE)

84 — *Moïse sauvé des eaux.*

L'Enfant est remis à sa mère par la fille du roi Pharaon.

Toile. Haut., 1 m. 22 cent.; larg., 1 m. 57 cent

PRIMATICE
(PRIMATICCIO-FRANCESCO, dit LE)

85 — *Laban rejoignant Jacob fugitif et Rachel cachant
ses dieux familiers.*

Toile. Haut., 1 m. 22 cent; larg., 1 m. 57 cent.

QUAST
PIETER

86 — *Intérieur de Paysans.*

Un couple de villageois est attablé jouant et buvant; près
d'eux, à gauche, leurs enfants se récréent.

Bois. Haut., 25 cent.; larg., 38 cent.

RAVESTEYN
(Attribué à JEAN)

87 — *Portrait d'un Seigneur.*

En buste de trois quarts à gauche, la tête encadrée d'une collerette blanche à tuyautés rigides, vêtu d'un pourpoint grenat, à broderies d'or, les épaules recouvertes d'un manteau.

Bois. Haut., 55 cent; larg., 41 cent.

REYNOLDS
(Attribué à ..., d'après RUBENS)

88 — *Les Horreurs de la Guerre.*

Devant les marches de son palais, Vénus s'efforce de retenir le dieu Mars qu'entraîne le Génie de la Guerre.

Toile. Haut., 41 cent; larg., 66 cent.

ROMBOUTS
(SALOMON)

89 — *Paysage.*

Un cavalier s'est arrêté devant une auberge où flotte un drapeau rouge; à droite, une marche de cavalerie se dirige vers le spectateur.

Bois. Haut., 25 cent; larg., 35 cent.

Signé en bas à droite.

Nº 111

RUBENS
(Attribué à PIERRE-PAUL)

90 — *Enlévement de Ganymède*.

Jupiter, épris de la beauté de Ganymède, fils de Tros, roi des Troyens, le transporte, sous la forme d'un aigle, sur l'Olympe. où la jeune Hébé lui remet la coupe de nectar pour le servir lui-même aux dieux. Dans l'éloignement, on voit ces dieux assis à un banquet.

Toile. Haut., 2 m. 25 cent.; larg., 1 m. 72 cent.

N. B. — Ce tableau ayant été sinistré, il manque le complément du sujet à droite de la toile : il est à supposer que nous nous trouvons en présence du tableau original provenant de la *Collection du Régent* et qui faisait partie de la Galerie du Palais Royal.

RUBENS
(Attribué à PIERRE-PAUL)

91 — *La Manne*.

Moïse lève sa baguette vers le ciel, trois femmes dansent au son de leur tambour, et d'autres jouent de la flûte de Pan.

Cuivre. Haut., 44 cent.; larg., 59 cent.

RUYSDAËL
(JACOB)

92 — *L'Hiver*.

Des paysans font du bois près d'une chaumière aux toits blancs de neige.

Bois. Haut., 18 cent.; larg., 22 cent.

RUYSDAËL

SALOMON

93 — *Paysage en Hollande.*

Le long des grands arbres d'un bois, sur une route accidentée, des paysans causent.

Signé en bas : *S. Ruysdaël.*

Toile. Haut., 29 cent.; larg., 34 cent. 1/2.

RUYSDAËL

(Genre de SALOMON)

94 — *Entrée d'un Château fort.*

Bois. Haut., 80 cent. 1/2 ; larg., 71 cent.

SALVIATI

(PORTA JOSEPH dit)

95 — *Portrait de Jeune Homme.*

Vu de trois quarts à droite, il porte un col de guipure ajouré et est vêtu d'un pourpoint de drap noir à crevés blancs.

Toile. Haut., 57 cent.; larg., 46 cent.

N° 65

N 96

SILVESTRE
(LOUIS DE)

96 — *Portrait de Marie-Louise-Elisabeth d'Orléans, du-chesse de Berry, fille du Régent.*

Elle est représentée en pied et de face vers la gauche, la tête encadrée d'une coiffe de dentelles blanches à grand voile de même couleur tombant jusqu'à terre, vêtue d'une robe d'hermine à corsage à grandes basques et ceinture de velours noir, dont les larges rubans sont dénoués ; un rideau de velours gris et brun l'encadre, laissant apercevoir les galeries de pierre d'un palais.

Toile. Haut., 1 m. 38 cent.; larg., 1 mètre.

Œuvre définitive dont l'étude en réduction figure dans les appartements de Mme de Maintenon, au Palais de Versailles.

SNYDERS
(FRANÇOIS)

97 — *Nature morte.*

Dans une large corbeille de vannerie, des prunes et raisins sont disposés, une figue, une prune coupée et des noix sont posées sur un entablement de pierre ; derrière, à gauche, un pichet en grès et un verre.

Bois. Haut., 53 cent.; larg., 71 cent.

STORCK
(ABRAHAM)

98 — *Bords de rivière.*

Au bord d'une rivière, près d'un hameau l'on aperçoit le clocher d'une église ; des bateliers s'approchent de la rive.

Bois ovale. Haut., 28 cent.; larg., 38 cent.

TAUNAY
(Genre de NICOLAS-ANTOINE)

99 — *Le Rendez-vous de chasse.*

> Bois. Haut., 30 cent.; larg., 40 cent.

TENIERS
(DAVID, le père)

100 — *Scène d'intérieur.*

Un villageois et sa femme debout dans un intérieur.

> Bois. Haut., 22 cent.; larg., 19 cent.

TENIERS
(DAVID)

101 — *Une Ferme flamande.*

Au milieu d'un paysage, devant une chaumière, un paysan épluche des légumes, tandis qu'un compagnons debout le regarde, appuyé sur sa canne; plus loin, à gauche, une femme tire de l'eau d'un puits.

> Bois. Haut., 42 cent.; larg. 62 cent.

TENIERS
(Attribué à DAVID)

102 — *L'Heure de la traite.*

Un paysan regarde un villageois en train de traire des vaches.

Toile ovale. Haut., 11 cent ; larg., 12 cent.

TENIERS
(École de DAVID)

103 — *Intérieur de tabagie.*

Cinq villageois assis et debout fument et boivent.

Bois. Haut., 18 cent.; larg., 15 cent.

Cadre Louis XVI en bois sculpté et doré.

TENIERS
(École de DAVID)

104 — *Un Buveur.*

— *Deux Buveurs.*

Bois. Haut., 12 cent ; larg., 10 cent.
Bois. Haut., 11 cent; larg., 9 cent.

Deux pendants.

TURNER
(École de GUILLAUME-JOSEPH-MALLORD)

105 — *Westmoreland fells.*

Un pâtre fuit avec son troupeau à l'approche de l'orage.

Bois. Haut., 25 cent.; larg., 37 ce .

UDEN
(LUC VAN)

106 — *Paysage.*

Dans un paysage rocheux, au bord d'une rivière, des villageois viennent de traverser un pont de bois; à droite, un pâtre garde son troupeau.

Bois. Haut., 41 cent.; larg., 60 cent.

URSELINCK
(JAN)

107 — *Paysage avec figure.*

Près d'une chaumière à pigeonnier, une villageoise jette du grain à des volatiles dans un cours d'eau au milieu d'un paysage.

Signé à gauche : *Urselinck.*

Bois. Haut., 26 cent.; larg., 36 cent.

VENNE
(ADRIEN VAN DER)

108 — *Proverbe hollandais.*

Un bohémien et sa compagne jouent de la vielle et du romel-
pot.

Bois. Haut., 35 cent.; larg., 28 cent.

Pendant du suivant.

Ancienne Collection Adolphe Schloss.

VENNE
(ADRIEN VAN DER)

109 — *Proverbe hollandais.*

Un pêcheur et sa compagne rentrent au port.

Bois. Haut., 35 cent.; larg., 28 cent.

Pendant du précédent.

Ancienne Collection Adolphe Schloss.

VERELST
(PIETER)

110 — *Un Buveur.*

Un homme, coiffé d'un bonnet rouge et vêtu d'une tunique
jaune, tient un verre en main.

Signé du monogramme.

Bois. Haut., 26 cent.; larg., 20 cent.

VERNET
(JOSEPH)

111 — *Les Pêcheurs à la ligne.*

Sur les bords d'une rivière encadrée par des rochers, deux hommes se livrent au plaisir de la pêche.

Toile. Haut., 28 cent.; larg., 35 cent.

VERNET
(Attribué à JOSEPH)

112 — *Lever de soleil à l'entrée d'un port de la Méditerranée.*

Au sommet d'un rocher, des personnages se détachent sur un soleil levant; à gauche, des pêcheurs embarquent; à droite, d'autres retirent leurs filets : au fond, à droite, un voilier à l'entrée du port.

Toile. Haut., 66 cent.; larg., 1 mètre.

VINCENT
(F. ANDRÉ)

113 — *Portrait de M. de Saint-Amand, doyen des fermiers généraux.*

Vu à mi-jambes, presque de face à droite, assis devant une table dans un fauteuil doré garni de velours vert, sa chevelure poudrée et frisée est retenue derrière la tête par un nœud à cadogan, vêtu d'un habit de velours lie de vin ; son gilet de même couleur est garni d'un tuyauté de fine dentelle ; le bras gauche reposant sur un livre ouvert, le droit sur la manchette du fauteuil.

Bois. Haut., 51 cent.; larg., 39 cent. 1/2.

WET
(JACQUES DE)

114 — *Portrait de Jeune Homme.*

Vu à mi-corps de trois quarts à droite, il porte un grand col et des manchettes de batiste, vêtu d'un habit de velours noir, sa main droite est gantée; de l'autre, il tient les glands de son col.

Signé : *J. Wet, Pinx.*

Carton. Haut., 25 cent. 1/2; larg., 15 cent.

WISPRÉ
(D'après ADRIEN VAN OSTADE)

115 — *Les Musiciens.*

Grisaille.

Peinture en manière de trompe-l'œil.

Signé en bas à droite : *Wispré.*

Bois. Haut., 40 cent.; larg., 30 cent.

116 — Tableaux omis.

RED. :

22

BIBLIOTHEQUE
NATIONALE
DE FRANCE

****

CHATEAU
DE
SABLE
1996

9 782329 250878